챙이 영감
머느리

# 챙이 영감 며느리

ⓒ 2003  글 김회경 · 그림 최희옥


1판 1쇄 | 2003년 5월 3일   1판 2쇄 | 2005년 5월 20일

글쓴이 | 김회경

그린이 | 최희옥

기획위원 | 김진경 이중현 유영진

책임편집 | 염현숙 원선화 염미희 김유정

디자인 | 장병인 박정은 정연화

펴낸이 | 강병선

펴낸곳 | (주)문학동네

출판등록 | 1993년 10월 22일 제406-2003-000045호

주소 | 413-756 경기도 파주시 교하읍 문발리 파주출판도시 513-8

전자우편 | kids@munhak.com  홈페이지 | www.kids.munhak.com

전화번호 | (031)955-8888  팩스 | (031)955-8855


ISBN 89-8281-646-1 03810


국립중앙도서관 출판시도서목록(CIP)

| | |
|---|---|
| 챙이 영감 며느리 / 김회경 글 ; 최희옥 그림. ── 파<br>주 : 문학동네, 2005   p. : 삽도 ;   cm. ── (반달<br>문고) | |
| ISBN  89-8281-646-1 03810 : ₩7500 | |
| 813.8-KDC4 | CIP2005000982 |

# 챙이 영감 며느리

김회경 글 | 최희옥 그림

문학동네 어린이

|차례|

# 챙이 영감 며느리

옛날에 시아버지를 원수같이 미워하는 며느리가 있었습니다.

웬만한 며느리 같으면 아무리 미워도 하루 세 끼 밥은 줄 텐데, 이 며느리는 하루 한 끼 밥도 안 줄 때가 많았습니다. 시아버지 먹는 게 아까워 쌀 한 톨을 갖고도 바들바들 떠니 다른 거야 말해 무엇하겠습니까!

옷도 안 해 주니 해진 구멍으로 바람 술술, 실오라기 나달나달, 거렁뱅이 옷을 걸치고 겨울을 나야 했습니다.

저놈의 늙은이 언제나 죽나? 빨리 죽기만 기다리니 한겨울 혹독한 찬바람이 불어도 군불 한 번 따뜻하게 넣어 주질 않습니다. 냉골인 찬 방에서 송장처럼 겨울을 난 시아버지가 봄이 온들 기운이나 차릴 수 있겠습니까?

남이 부르는 말 그대로 챙이 영감이 되어 허우적 허우적 봄볕이나 쏘이러 돌아다닐밖에요.

왜 챙이 영감이라 부르냐고요?

꼬챙이처럼 비비 틀려 말랐다고 챙이 영감이라 부르는 것이지요.

그런 챙이 영감이 눈앞에 보이기만 하면 며느리의 악착스런 욕설이 개구리 알 낳듯 몽알몽알 쏟아져 나옵니다.

"삼시 세 끼 밥만 먹고 도대체 하는 일이 뭐람? 누구는 밭 갈고 논 매고 방아 찧고 베 짜고 밥 짓고 빨래하고, 하루 온종일 일만 하는데, 누구는 정승 집 개처럼 팔자가 늘어졌네, 늘어졌어."

꼭 '정승 집 개 팔자'까지 나와야 악담이 멈추는 걸 아는 시아버지는 퀭한 눈으로 그 악담을 그냥 듣기만 합니다.

그런데 이상한 건 말입니다, '버릇이 든다'고 하지요? 하루, 아침 점심 저녁 며느리 악담을 한 번이라도 적게 듣는 날은 이 챙이 영감, 뭔가 그 날 할 일을 다 못 한 것처럼 마음이 허전하다는 겁니다.

가령 며느리가 아침 일찍 남의 집 밭에 품 팔러 가거나 잔칫집에 일하러 가서 저녁 늦게 돌아오는 날 같은 때 말입니다. 그런 날 챙이 영감은 누워도 잠이 오지 않았습니다. 그러니까 챙이 영감은 며느리 악담을 들어야만 자기가 살아 있는 사람이란 걸 느끼는 것이지요.

챙이 영감에 대한 며느리 구박이 시집 왔을 때부터 시작된 건 아니었습니다.

여러 식구가 먹고 살자니 숯장이 남편이 숯 구워 파는 걸로는 입에 풀칠하기도 어려웠습니다. 조랑조랑 달린 아이 여섯은 입만 벌리면 먹을 걸 달라고 졸라 댔습니다. 자식 입으로 먹을 걸 나누어 넣어 주면 며느리는 늘 배가 고팠습니다. 지긋지긋하게 가난한 살림에 지친 며느리는 혼자 푸념을 했습니다.

"내가 왜 이 가난한 집구석에 시집을 왔나!"

그러다가 차츰차츰 시아버지에게 불평을 늘어놓았습니다. 불평을 늘어놓다 보니 어느덧 짜증을 부리다가, 신경질을 팍 내다가, 악담을 퍼붓다가, 이젠 원수처럼 미워하

게 된 것입니다.

챙이 영감이 좀 똑똑한 사람이었으면 이 지경이 되기 전에 며느리 단속을 했을 텐데 말입니다. 챙이 영감도 세상 이치가 이렇다 저렇다 똑 부러지게 생각을 못하는 사람이었습니다. 그러니 귀에 거슬리는 말이 들리면, "참지, 뭐." 했다가 "참지, 참는 게 수야." 하다가 이 지경까지 이르게 된 것이지요.

곳간 드나드는 쥐 잡듯이 암팡진 챙이 영감 며느리 구박을 동네 사람들이 모를 리 있겠습니까? 며느리가 지나가면 쑥덕쑥덕 손짓 발짓…….

며느리도 자기 말을 하는 줄 뻔히 압니다. 하지만 며느리 앞에서 누구 하나 그러지 말라고 일러 주는 사람 하나 없습니다. 모두 뒤에서 속닥거리고 흉만 보는 것이지요. 남의 집 일에 섣불리 감 놔라 배 놔라 하기가 쉬운 일은 아니니까요.

미움 받는 챙이 영감, 구박하는 며느리.

두 사람이 자기들도 모르게 쌓아 온 버릇을 날마다 되풀이하고 있을 때 아들은 숯막에서 피눈물을 흘렸습니다. 바위에 머리를 짓찧으며 고통스러워했습니다.

이 날 이 때까지 깊은 산에서 살가죽이 찢어져라 나무를 해 숯을 구우며 아들은 열심히 살아왔습니다. 그런데도 늘 배고프고 가난한 살림입니다. 이렇게 가난하지만 않았어도 아내가 그렇게 나쁜 며느리가 되지는 않았을 것입니다.

하지만 아버지와 아내를 저리 내버려 둘 수는 없는 일, 벌써 일 년을 두고 아들은 두 사람 사이를 좋게 할 방도를 생각해 오고 있습니다.

점잖은 말로 아내를 타이르기도 했습니다.

"그러지 마오."

무섭게 을러 본 적도 있었습니다.

"당신 하는 대로 아이들도 당신에게 그럴 거요."

다른 사람 말을 듣고 아내를 때려 보기도 했습니다. 하지만 소용없었습니다.

그 날도 숯을 꺼내며 묘안 찾기에 골몰하던 아들 머리에 번개처럼 생각이 스쳐 지나갔습니다.

숯을 팔러 장에 갔다 오면서 아들은 소고기와 흰쌀을 사 들고 저녁이 되어 들어왔습니다.

아내는 눈알이 튀어나올 만큼 놀라 물었습니다.

"돈이 어디서 나 이걸 샀대요?"

"돈을 벌려면 돈을 들여야지."

그러더니 아들은 아내를 뒤꼍 으슥한 곳으로 끌고 가 속삭였습니다.

"우리도 잘만 하면 부자가 될 수 있어. 날마다 흰쌀밥에 고깃국 먹을 수 있다구."

"쌀밥? 고깃국? 부자?"

부자란 말에 아내는 바짝 다가와 귀를 쫑긋 세웠습니다.

"시장에 갔더니 글쎄 노인 장이 서지 뭐야."

"노인 장?"

"그래, 노인 장. 좋은 옷 입고 돈 많아 보이는 사람들이
우리 아버지처럼 늙은 노인네
들을 사고 있더라구!"

"노인을?"

이야기를 듣는 아내 입이 함
지박만큼 벌어졌습니다.

남편은 자기 말을 고스란히 믿는
아내가 한편 가엾어 보이기도

했습니다. 시집 온 이후 한 번도 장에 나가 본 적이 없는
아내는, 다른 마을 사람들이 팥으로 메주를 쑤어 먹는다
는 말도 믿었던 사람입니다. 하니, 살찐 노인네를 비싸게
사 간다는 말을 철석같이 믿을밖에요.

그 날부터 며느리 봉양은 눈물겹게 시작되었습니다.

마치 칙사 대접하듯* 챙이 영감을 모셨습니다. 아이들
입에 넣을 밥을 덜어 시아버지 밥그릇을 채웠습니다. 하
지만 워낙 가난한 살림이니 허리띠를 아무리 졸라매고 돈
을 긁어모아도 챙이 영감을 배불리 먹이기는 쉽지 않았습
니다. 며느리는 이를 꽉 물고 고리채를 얻어 왔습니다.

---

* 임금의 명령을 전달하는 사신을 대접하는 것처럼 극진하고 융숭하게.

챙이 영감은 날마다 흰쌀밥에 고기장국을 배부르게 먹
게 되었습니다.

그뿐이 아니었습니다.

봄이면 앵두ㆍ오디, 여름이면 포도ㆍ딸기ㆍ참외, 가을
이면 으름ㆍ사과ㆍ배ㆍ감, 무엇 하나 떨어질세라 꼬박꼬
박 챙겨 주었습니다. 겨울에는 가으내 따 모았던 밤을
한 사발씩 찌고 구워 밤마다 사랑에 넣어 주었습니다.

혹 차가운 방에 있다 병이 들어 살이라도 빠질까 봐
군불을 이글이글 쉬지 않고 때 주었습니다.

잘 얻어먹는 챙이 영감은 마음이 참 좋았습니다.

뜨뜻한 방으로 손주놈들이 들어오면 남겨 둔 밤을 주거나 고구마라도 챙겨 놨다 먹였습니다. 배고프고 어린 놈들이야 맛있는 걸 잘 주는 할아버지가 좋을밖에요. 전에는 본척만척 힐끔거리던 아이들이 챙이 영감 팔에 매달려 재롱을 부리고 따랐습니다.

잘 먹은 챙이 영감은 기운이 났습니다.

며느리 혼자 종종걸음으로 바쁜 걸 보면 마음이 언짢아 일을 거들었습니다. 아궁이 재도 퍼내고 샘물에 가 물도 길어 오고 마당도 쓸었습니다. 하지만 일을 하려면 며느리 없을 때 해야 했습니다. 챙이 영감 일하는 걸 보면 며느리가 벼락같이 화를 냈기 때문이지요.

집안일에 손끝 하나 못 대게 하는 며느리를 보면 챙이 영감은 마음이 찌르르 아파 왔습니다.

'며느리 마음이 곱기도 곱다.'

며느리는 속으로 말합니다.

'일하면 살 빠져요.'

20

봄이 오자 챙이 영감은 동네방네 마실을 다녔습니다. 보얗게 살이 오른 챙이 영감을 본 마을 사람들이 깜짝 놀란 건 물론이고, 며느리 효성이 그렇게 지극하단 얘길 듣고는 입을 다물지 못했습니다.

바람보다 빠른 것이 소문이란 말이 있지요.

효성스런 며느리 소문이 온 동네에 쫘악 퍼지자 인심이 술렁술렁 물결치기 시작했습니다. 샘물가에 며느리가 나타나면 먼저 물 떠가라 자리를 내어주고, 잔칫집에 일을 가면 효성스런 며느리라고 남보다 곱절은 더 음식을 싸주었습니다.

어떤 이는 "우리 논 공짜로 지어 먹게." 하질 않나, 또 어떤 이는 "우리 밭 공짜로 갈아 먹게." 하며 썩 내주기도 했습니다.

며느리는 신이 났습니다. 새벽부터 늦은 밤까지 발바닥이 닳도록 일을 하니 살림은 점점 불어났습니다. 일하는 짬짬이 시아버지 옷도 마련해 놓습니다. 시아버지 내다

팔 때 입힐 옷을 짜는 며느리 입에선 노래가 절로 흘러나
왔습니다.

    처자 처자 하늘 처자
    베 잘 짠다 소문났네
    그 베 짜서 누구 줄래
    우리 언니 시집 갈 때
    가마 회장 둘러 주지
    그 나머지 누구 줄래
    우리 오빠 장가 갈 때
    가마 살방석* 둘러 주지
    며느리야 며느리야
    베 잘 짠다 소문난 며느리야
    그 베 짜서 누구 줄래

    * 살방석: 화살을 닦는 데 쓰는 방석 모양의 물건.

토끼 같은 우리 새끼

늑대 같은 우리 남편

누구도 아니 줄래

시아버지 장에 갈 때

옥남자* 선비처럼

잘 차려 입혀 보낼라네

부자가 돼 볼라네

부자가 돼 볼라네

* 옥남자: 잘 차려 입은 어여쁜 남자.

이쯤 되니 밖에서 베 짜며 며느리가 부르는 소리를 듣고 시아버지 입에서도 며느리 사랑 타령이 아니 나올 리 없습니다.

아가 아가 우리 아가
어화둥둥 며늘아가
자고 나도 내 며느리
암만 봐도 내 며느리
아무 데도 가지 마라
만첩청산 보배둥이
곱고 고운 내 며느리

분홍빛 살구꽃잎이 톡톡 열리는 봄날이었습니다. 챙이 영감은 며느리가 짜 준 새 옷을 입고 아들을 따라 장에 나갔습니다. 아들은 떡집, 고깃집 두루 다니며 아버지를 배불리 대접했습니다. 좋은 술도 사 드리고 경치 좋은 곳 구

경도 시켜 드리고
밤 늦게야 돌아왔습
니다.

어둠 속에 술에 취해 서
있는 시아버지를 보고 놀라는 아내에게 남편이 말했습니
다.

"일 년 봉양 더 하면 세 곱절은 받을 수 있다는 거야."

아이고, 그걸 못 할까. 한 분뿐인 시아버지 헐값에 팔 수
없지요. 최고로 비싸게 팔아야지요.

며느리는 떡도 빚고 술도 거르고 바빠졌습니다. 일이
많아지니 자연 일손이 모자랐지요.

챙이 영감이 무거운 독을 지고 물을 찰랑찰랑 길어 오
자, 이제는 며느리도 반갑게 맞이했습니다.

"아버님이 내 일을 이렇게 도와주시네요."

갓난아기가 어미 등에서 안 떨어지려고 빽빽 울어 대면
아이를 얼른 데려다 업어 재우고, 애 업은 동안에도 마당

26

쓸고, 콩 타작 깨 타작 하느라 잠시 잠깐도 놀지 않았습니다.

　그런데 너무 열심히 일을 했나 봅니다.

　캑캑 기침을 하던 챙이 영감이 앓아 누웠습니다. 배가 아프다고 도통 입에 아무것도 넣질 못하자 며느리가 동네 방네 약을 구하러 다녔습니다. 노인네 배앓이에 좋은 약 초가 깊은 산 바위 골짜기에 난다는 말에 며느리는 험한

산길을 올랐습니다.

구슬땀을 흘리며 바위 아래 난 약초 뿌리를 캐자 며느리는 한 걸음도 쉬지 않고 내려와 약초를 달였습니다.

약초물을 마시고 거뜬히 일어난 챙이 영감이 며느리한테 말했습니다.

"너한테 내 목숨을 준들 아깝겠느냐!"

그 말을 듣는 며느리 눈에 시집 와 처음으로 눈물이 팽 돌았습니다.

살림은 나날이 불었습니다.

하지만 남편이 숯막에 있으니 늘어난 살림살이를 같이 할 사람은 며느리와 시아버지밖에 없었습니다.

"아버님, 논에 물 대러 가요. 아버님 모 심으러 가요. 아버님 씨 뿌리러 가요. 아버님 풀 뽑으러 가요. 아버님 나무 좀 해다 주세요."

"오냐 오냐, 며늘아. 이 일을 하랴? 저 일을 하랴? 무슨 일이든 다 하고말고."

오죽하면 쿵덕쿵덕 방아를 찧으면서도 함께 노래를 부르며 장단을 맞추는 것이었습니다.

  이 방아가 뉘 방아냐
  혼자 찧는 절구방아
  물로 찧는 물레방아
  둘이 찧는 가래방아
  시아버지 며느리
  둘이 찧는 가래방아로구나
  어절싸 쿵쿵 어절싸 쿵쿵
  언제나 다 찧고
  저녁 마실 갈꼬

이듬해 살구꽃잎 떨어지는 봄날이었습니다.

잘 익은 복숭아처럼 발그레한 얼굴을 한 챙이 영감이 친구 생일 잔치에 다녀오겠다고 했습니다. 며느리는 얼른

달걀 한 꾸러미를 싸 주며 말했습니다.

"재밌게 놀다 오세요."

"놀다 오긴. 너 혼자 일을 어찌 다 하려구."

"그럼 일찍 오세요, 아버님."

"오냐, 며늘아."

이렇듯 둘이 주고받는 말을 듣고 있던 남편이 아내한테 다가와 낯빛을 어둡게 하며 말했습니다.

"노인 장이 내일 선다는구먼."

"노인 장?"

"살찐 노인들 사러 다니는 사람들이 벌이는 장 말이야."

"아버님 못 팔아요. 아버님 없이 살림을 어찌 해요?"

말은 그렇게 했지만 며느리는 사실 시아버지와 일을 하면서 정이 옴팍 들어 버린 것이지요. 훗날 시아버지가 죽었을 때 며느리 울음소리가 어찌나 애절한지 날아가는 새들도 챙이 영감 집 처마에 앉아 울고 갔다고 합니다.

# 떡국새 타령

앞산 뒷산 온갖 잡새 날아와

쑥국 쑥국 쑥쑥국

운다 한들

떡국 떡국 떡떡국

슬피 우는 떡국새 소리만큼 서러울까


　어린 여자가 시집을 와 보니 천지 사방 눈앞이 캄캄하다. 사랑방에 호랑이 같은 시아버지 중풍 들어 누워 있고, 부엌에는 살쾡이 같은 시어머니 두 눈 부릅뜨고 있고, 안방에는 여우 같은 시누이 요리 핼끔 조리 핼끔, 골방에는 돼지 같은 시동생 자빠져 누워 먹을 것만 달라 조르는구나.

　형편이 이 지경인데도 어린 여자는 시집살이 걷어치울 마음일랑 애당초 먹지도 못하고 손끝이 닳아빠지도록 일을 하여 봉양을 하는구나.

불같이 더운 날에 물같이 짙은
밭을 한 골 매고 두 골 매고
세 골을 다 매어도, 다른 사
람 점심 다 나오는데, 어
린 여자 점심은 안 나오기
일쑤라! 쪼르륵 쪽쪽 허기진
배 졸라매고 남은 밭을 갈아
치운다.
서러워라 서러워라, 갈아엎는 흙덩이마다

닭똥 같은 눈물이 뚝뚝 떨어져 내린다. 서러운 시집살이
견디는 어린 여자 입에서는 고된 시집살이 타령이 절로
터져 나오는구나.

애고애고 설운지고
이 지경이 웬일인고
우리 부모 나를 낳아
남의 집에 보낼 때는
잘 살라고 하였거늘

애고애고 설운지고 이 지경이 웬일인고

은가락지 끼던 손에 굳은살이 웬일인고

꽃 밟으며 놀던 발엔 화랑이 짚신* 웬일인고

금봉채*를 하던 머리 낫비녀가 웬일인고

비단 치마 감던 허리 삼베 치마가 웬일인고

* 화랑이 짚신: 화랑이는 방방곡곡 떠돌며 춤과 노래를 하는 광대의 무리를 일컬음. 며느리
의 고달픔을 천민 집단에 속한 이들이 신는 짚신에 비유한 것.
* 금봉채: 봉황을 새긴 금비녀. 시집 오기 전 귀하게 자란 며느리의 생활을 표현하는 말.

쫄쫄 끼니를 굶고 밭을 갈고 집으로 돌아와 어린 여자
가 밥을 먹으려 하니 안방에 누워 있던 시어머니 장지문
을 벌컥 열어 젖히며 하는 말이,

　　에라 이년, 에라 이년

　　그것도 일이라고

　　끼니 찾고 때를 찾네

　　에라 이년 물러가라

　　에라 이년 물러가라

하고 윽박지르며 내어쫓고 마는구나.

　이렇듯 고단한 시집살이, 친정으로 돌아갈 마음이 왜 아니 났을까마는 시집 오기 전날 친정어머니 눈물지으며 이른 말이,

　　　　시집살이 고되어도 살아 보면 살아진다
　　　　벙어리 삼 년 살고 장님으로 삼 년 살고
　　　　귀머거리 석 삼 년에 머리털이 다 희었어도
　　　　시집살이 산 것이라. 친정으로 오려거든
　　　　병풍에 그린 닭이 홰치거든 오려무나
　　　　노구솥*에 삶은 닭이 알 낳거든 오려무나
　　　　가마솥에 삶은 개가 컹컹 짖으면 오려무나
　　　　부뚜막에 흘린 밥에 싹 나거든 오려무나

　　　* 노구솥: 놋쇠나 구리쇠로 만든 솥. 자유로이 옮겨 따로 걸고 쓴다.

　이리 일렀으니 어린 여자는 죽으나 사나 시집살이를 견

디며 지낼밖에.

하지만 모진 고생, 구박을 다 하고도 밥이라고 주는 것은, 시커먼 보리밥을 사발굽에 붙여 주고 장이라 주는 것은 삼 년 묵은 꼬랑장을 접시굽에 붙여 주고 숟가락이라 주는 것은 나뭇가지 꺾어 주니 어린 여자 배는 오죽이나 고팠을까.


어린 여자 시집살이 이렇듯 고달프니 옆집 사는 늙은 부인이 참으로 안돼 보였던가 보더라. 하루는 떡국을 한 그릇 가지고 오더니 얼른 부엌 구석으로 들어오며,

"새댁, 시어머니 몰래 얼른 먹우."

하는 말을 문틈에 귀를 바짝 갖다 댄 시어머니가 들었던 게 사단이라.

김 모락모락 나는 떡국을 당장이라도 먹고 싶었지만 샘으로 물 길러 갈 일이 급한지라, 어린 여자는 부뚜막에 떡국을 올려놓고 물을 길러 나가고 말았으니.

그 사이 옆집 부인 따라온 그 집 개가 떡국을 홀라당 싹 쓸어 먹고 나갔겠다. 떡국은 온데간데없어졌고, 이제나 저제나 떡국 갖고 들어오길 기다리던 시어머니 성질이 불같이 끓기 시작하니,

"아, 요년이 저 혼자 처먹어?"

어금니를 바드득 바드득 갈다 못해 분에 북받쳐 뛰어나와 다짜고짜 어린 여자 머리채를 휘어잡고 패대기치며 욕설을 퍼붓는데,

"떡국 가져온 거 네년이 다 먹었지? 이 몹쓸 년아!"

욕하는 걸로도 분이 안 풀려 단단한 고무래를 들고 닥치는 대로 휘둘러 패는구나.

"아니오. 나 안 먹었소. 떡국 내가 안 먹었소! 안 먹었단 말이오."

할 때, 허리를 맞은 어린 여자는 그대로 폭 고꾸라져 죽고 말았다네.

먹지도 않은 떡국을, 개가 먹은 떡국을 먹었다고 애매하

게 죽은 꼴이 너무나 원통하여 "떡국 떡국" 울며 그 집 지붕을 빙빙 돌던 새가 있었으니, 그 새가 바로 떡국새였다.

하지만 떡국새 소리가 제아무리 처량해도 사람들은 떡국새 소리를 싫어하지 않았다.

"떡국 떡국" 하고 어린 여자가 울면 그 뒤를 따라 "떡떡국 떡떡국" 하고 장단을 맞춰 주는 또 한 마리의 떡국새가 있었으니, 바로 장가들자마자 먼 길 갔다 돌아온 어린 여자의 서방이었다. 서방이라고 제 어머니 성질을 모를쏘냐! 억울하게 맞아서 죽은 제 어린 색시를 따라간다고 서방도 목숨을 끊고 말았으니. 지붕을 떠나지 않고 떡국 떡국 울고 있는 떡국새 곁으로 날아 올라가 같이 떡떡국 떡떡국 슬피우는 떡국새 울음소리. 그 우는 소리가 떡국새 타령이라. 어질더질.

# 신통한 소금 장수

옛날에 사람들 입방아에 자주 오르내리는 소금 장수가 한 명 있었단다.

소금이나 팔러 다니는 키 작고 볼품없는 늙수그레한 남자가 어찌하여 사람들 관심을 끄는지 그 속내를 가만 들여다보면 기가 막힐 노릇이었지.

전국 방방곡곡 조선 팔도를 아니 돌아다니는 곳 없이 소금짐을 지고 다니는 이 남자. 이 남자한테 제일 무서운 건 활짝 열린 하늘 문으로 콸콸 쏟아지는 빗줄기였어.

너른 들판을 걷다 우르릉 쾅쾅 쏟아져 내리는 소낙비라도 만날라치면 순식간에 등에서 녹은 소금물이 철철 흘러내려 등허리가 가뿐가뿐 새처럼 가벼워지고 말지. 몸이야 가벼워졌다지만 마음은 오죽했을까!

먹고 사는 일이 이러하니 자나깨나 소금 장수 눈은 하늘에 둥둥 뜬 구름 살피는 일이라. 하지만 구름 모양이나 색깔, 흘러가는 꼴만 봐서는 도무지 비 오고 개는 걸 점칠

수는 없는 노릇이라. 오랜 세월 비 오고 개는 때 맞히기에 골몰한 소금 장수, 어느 날 우연히 발견한 게 있었으니 바로 기름종이였단다.

소금짐을 덮은 기름종이가 눈알 시리게 햇볕 창창한 날에도 누글누글 눅눅해지면 곧 비가 온다는 신호요, 제아무리 억수장마로 퍼붓는 빗줄기가 계속될 때에도 뽀송뽀송 마르면 곧 비가 갠다는 신호란 걸 알아 낸 것이지.

기름종이 변하는 꼴로 날씨를 맞히는 소금 장수. 그 때부터 비 한 방울 아니 맞고 소금 장사 잘도 하며 돌아다니게 되었단다. 게다가 마음씨도 고와, 가는 고을마다 비가 온다 갠다를 제때에 알려 줬지.

햇볕에 말리느라 좌악 늘어놓은 벼, 보리, 콩, 깨 같은 곡식이 비라도 흠뻑 맞으면 그런 낭패가 어디 있으며, 큰 비에 떠내려가면 한알 한알 물 웅덩이에서 어떻게 집어올리겠니?

소금 장수 말을 들으면 이런 낭패를 아니 당하니 이 소

금 장수를 일컬어 조선 팔도 고을마다

"신통한 소금 장수야. 신통한 소금 장수."

하고 칭송하는 말이 드높은 건 당연한 일이었지.

그러나 무엇이든 넘치면 모자람만 못하다고 하지 않든?
하늘의 기운을 안다는 신통한 소금 장수 소문이 급기야
한양 사는 임금님 귀에까지 들어간 게야.

소금 장수가 강원도 철원 땅 어느 고을 주막에 묵고 있
을 때였어.

느닷없이 포졸 수십 명이 들이닥쳐 소금 장수를 에워싸
더니,

"네가 신통한 소금 장수냐?"

하고 묻잖아.

어안이 벙벙한 소금 장수는

"난 소금 장수는 맞소만 신통하지는 않소."

하고 대답했거든.

포졸들 고개를 갸웃거리며 또 묻기를,

"네가 하늘의 조화를 알아맞힌다는 그 소금 장수 맞지 않느냐?"

하고 닥달질을 하는 거야.

소금 장수가

"난 비 오고 개는 것만 알 뿐이오."

했는데도 포졸들 대뜸 이구동성으로 소리를 질러 대는데,

"맞다. 이 사람이 바로 신통한 소금 장수다."

하며 무작정 가마에 들이밀고 마는 거야.

영문도 모른 채 한양으로 한양으로 가까워지는 소금 장수, 틈만 나면 도망칠 궁리를 해 보지만 밤낮으로 번뜩이는 눈초리가 물 샐 틈 없이 매서워 꼼짝 못할밖에.

몇 날 며칠을 이렇듯 포졸들과 함께 길을 가다 보니 급기야 소금 장수는 자신이 끌려가는 이유를 알게 되었어.

평안도 땅 어느 고을에 원님이 부임만 하면 부임하는 날로 송장이 되어 나온다는 거야. 그 이유를 알아 내라고 임금님이 신통한 소금 장수를 부른 거라나? 하늘의 조화

를 알아맞히는 사람이 작은 고을의 일 하나 해결 못한다면, 임금님 명을 우습게 아는 놈이라고 당장 모가지가 날아갈 터. 그 말 들은 소금 장수 눈앞이 캄캄해 탄식을 하고 마네 그려.

"잘못 난 소문이 나를 죽이는구나."

그 날 밤 소금 장수 일행은 경기도 용인 땅 어느 주막집에 묵게 되었지. 강원도서 경기도까지 오는 동안 각 고을마다 신통한 소금 장수를 얼마나 융숭하게 대접했는지 몰라. 신통한 소금 장수가 나라님의 명을 받아 올라가는 행차라는 사실을 이 주막집 주인이라고 모를 리 없지.

깊은 밤 주막집 주인이 소금 장수를 찾아왔단다. 얼굴에 어찌나 근심 걱정이 가득한지 쪼글쪼글 늙은 주인 남자 얼굴이 당장이라도 바스라질 듯 까칠해 보였어.

주인 남자는 애처롭고도 슬픈 소리로 도움을 청했단다.

"신통한 재주가 있다니 내 사정 좀 돌봐 주시오."

소금 장수는 제 코가 석자라도 주인 남자 하소연을 들어 볼밖에.

"삼 년 전 이 주막을 짓고부터 마누라가 앓아 누워 산송장이 되었다오. 백약이 소용없고 어떤 명의도 병명을 모른다오."

참으로 딱한 사연이라. 두 내외 뼛골이 부서져라 일을 해서 어렵사리 주막을 마련해 한시름 놓았더니 마누라가 병으로 앓아 누운 것이야. 그 말 들은 소금 장수 마음이 언짢아 주인 남자 손을 잡고 위로만 할밖에. 아무 말 못 하고 눈만 끔뻑끔뻑하고 있으니 주인 남자 생각하기를 소금 장수가 신통한 생각을 하는 중이라 지레짐작하고 조용히 물러갔지.

깜깜한 방 안에 누운 소금 장수 생각할수록 기막히고 억울하기가 끝이 없네. 죄라곤 소금 장수 수십 년에 기름 종이 변하는 꼴로 날씨를 알아맞힌 것밖에 없는데, 이런 고비를 맞게 될 줄을 꿈엔들 생각했을까? 한숨만 퍽퍽 내

쉬던 소금 장수 비칠비칠 일어나서 마당으로 나가 소금짐 덮은 기름종이를 만지작거리며 꺼이꺼이 통곡했어.

"억울하다. 억울해. 어찌해야 살아난단 말이냐?"

그 때였어.

철컥철컥 대문 두드리는 쇳소리가 나더니 이어 말소리가 들려 오는 거야.

"억울한 건 풀어야지."

화들짝 놀란 소금 장수가 깜깜한 어둠 속을 휘휘 둘러보았지만 아무도 없었어. 소금 장수는 귀를 쫑긋 세우고 아까처럼 중얼거려 봤어.

"억울하다, 억울해. 어찌해야 살아난단 말이냐?"

이번에도 아까 같은 쇳소리와 함께 말소리가 들려 왔어.

"억울한 건 풀어야지."

이번에는 정신을 바짝 차리고 들어서 그 소리가 대문에서 난다는 걸 금방 알았어. 소금 장수는 천천히 대문가로

가서 중얼거렸어.

"억울하다, 억울해. 어찌해야 살
아난단 말이냐?"
하자 대문에 매달린 문고리가 탁탁 대
문을 두드리며 말을 하지 뭐야.

"이 집 사람들의 억울한 사정부터 풀어 줘. 그럼 네가
살아날 방도를 알려 주지."

"어…… 어떻게 하면 되는데?"

소금 장수가 묻자 문고리가 차근차근 말을 하는 거야.

"마누라 누워 있는 방 밑을 파 보면 세 사람의 백골이
나올 거야. 억울하게 죽은 사람 위에 방구들을 놓아서 죽
은 원귀의 악혼이 붙은 것이니 구들장을 파내고 세 사람
의 백골에게 각각 상을 잘 차려 제를 지내 주면 되지."

그 말 들은 소금 장수 날이 밝는 대로 방구들을 들어내
라 이르니 문고리가 한 말 그대로라. 세 백골에게 정성껏
제를 올리니 주막집 마누라가 거뜬히 일어나 돌아다니며

일을 하기 시작하는 거야.

신통한 소금 장수 칭찬하는 소리가 들썩들썩 고을 사랑
채로 안방으로 퍼져 나갔지.

소금 장수 아무도 없는 틈을 타 문고리에게 가까이 가
니 문고리 하는 말이,

"이 집 주인이 은혜를 갚겠다고 하면 다른 말 할 것 없
이 나를 달라고 해."

하고 이르는 거야.

주막집 주인이야

"그깟 문고리쯤이야."

하며 신이 나서 선뜻 문고리를 떼어 주었지.

소금 장수 손에 들어온 문고리가 말했어.

"앞으론 아무 걱정 말아."

문고리의 신통한 재주를 아는지라 소금 장수는 마음을
턱 놓고 닥칠 일은 물 흐르는 대로 맡기리라 작정을 했지.

한양으로 올라간 소금 장수는 임금님을 만났어. 임금님의 명령을 받고 다시 평안도 땅으로 말을 타고 산을 넘고 길을 달렸지. 그런데 이 산이 어떤 산인가? 소금 팔러 다닐 때 같으면 다리가 퉁퉁 붓도록 종종걸음으로 넘었어야 할 산이지. 또 소금짐도 지지 않은 등허리는 얼마나 가벼운지! 게다가 주머니에 든 문고리가 평안도 땅 고을 원이 죽어 나가는 이유를 말해 주며 그 곳에 가서 할 일을 차근차근 말해 주니 거뜬거뜬 평안도 땅으로 잘도 들어갔지.

느긋한 마음으로 평안도 땅에 도착한 소금 장수는 고을 아전들을 불러 명령을 했어.

"마른 장작을 산더미만큼 쌓아라. 그리고 전국의 명포수를 하나도 빠짐없이 불러 모아라."

일이 착착 진행되자 소금 장수는 또 명령을 했어.

"내동헌 뒤에 있는 고목나무에 새끼줄을 칭칭 감아라."

영문도 모른 채 소금 장수가 시키는 대로 일을 하면서도 아전들은 불평 한 마디 안 했어. 신통한 소금 장수라니

시키는 대로 할밖에.

　드디어 수십 명의 포수가 고목나무 주변에 산더
미처럼 쌓아올린 장작더미 뒤로 울타리처럼 둘
러섰어. 장작더미에 불을 붙이자 순식간에 불기
둥이 이글이글 솟구쳐 오르는 거야.

　시뻘건 불덩이가 고목나무에 옮겨
붙고 타닥타닥 소리를 내며 나무가 타들
어가기 시작했을 때였단다.

나무가 번쩍 들어올려지는가 싶더니 고목나무 밑에서 백여우 세 마리가 튀어오르는 거야.

"쏘아라. 백여우를 쏘아라."

탕 탕 탕! 콩 볶듯 포수들 총소리가 공중에서 울릴 때 백여우 두 마리가 픽 쓰러졌지. 그러나 한 마리는 불길을 뚫고 일등 포수들을 노려보며 어디론가 사라지고 말았어.

고목나무 밑에 있던 백여우 세 마리가 조화를 부려 고을 원이 죽어 나갔던 거였어.

소금 장수는 큰 상을 받고 고향으로 돌아왔단다. 그러고는 늦장가도 들고 넓은 기와집도 짓고 그럭저럭 편안한 날을 보냈지. 하지만 날마다 신통한 소금 장수를 만나겠다고 찾아오는 사람들을 맞아 이야기를 들어 주는 일은 참으로 고달픈 노릇이었어.

하루에 스무 명도 넘게 찾아오는 날은 그 이야기를 듣고 대답해 주느라 진이 쪽 빠졌단다. 아무려면, 그런 날엔 문고리조차 어느 구석에 숨어 들어가 나오질 않는 거야.

그러면 대답할 말이 없는 소금 장수는 쩔쩔매며 겨우 손님을 돌려보내곤 했단다.

그러던 어느 날이었어. 임금님이 또 신통한 소금 장수를 부르는 거야. 중국 천자가 조선의 신통한 소금 장수를 보내라고 사신을 보내 왔다는 거야.

소금 장수가 임금님의 명을 받고 중국으로 가기 위해 의주 땅 압록강을 건널 때였지. 문고리가 여느 때와 달리 미리 닥쳐 올 일을 알려 주었어.

"중국 천자의 애첩이 병이 들었는데, 그 애첩이 그랬다는구만. 조선의 신통한 소금 장수의 간을 먹으면 낫는다고. 그것도 생간을 내어 먹어야 낫는다고 해서 당신을 불러들이는 거야."

들어 보니 소금 장수로서는 꼭 죽으러 가는 길이라. 마음이 다급하여 살아날 방도를 물으니, 문고리 태연하게 대답하네 그려.

"죽을 때 죽더라도 병자의 진맥이나 한번 해 보고 죽겠

다고 해. 그리고 병자의 방에 들어갈 때 나를 문갑에 넣어 가지고 들어가."

역시 모든 일은 문고리가 짐작한 대로 맞아떨어졌어. 소금 장수는 문고리 들은 문갑을 소매로 감추고 기다렸지.

그런데 병자의 방에 들어가기 전에 몸을 샅샅이 뒤지더니 문갑을 두고 들어가라는 거야. 소금 장수는 침이 든 문갑이라며 이걸 두고 들어가라면 들어갈 필요도 없다고 호통을 쳤지. 그 말을 들은 천자는 마지못해 허락을 했어.
소금 장수는 방으로 들어서자마자 문갑을 열었어. 그랬더
니 안에서 살쾡이 한 마리가 튀어나와 누워 있는 애첩의
목줄을 물어 버렸단다.

　순간 캐갱 캥 캐갱 소리가 나며 백여우 한 마리가 사지
를 쭉 뻗고 늘어졌지.

　다름 아닌, 평안도 땅 고목나무 밑에 숨어 있다 한을 품
고 달아난 백여우였지. 중국 천자는 부끄러워 말도 하지

못했단다.

대국의 천자가 사람으로 둔갑한 요물도 알아보지 못하다니, 참으로 한심한 일이라 자탄하며 조선의 소금 장수에게 큰 상을 내렸단다.

중국에 가서도 신통한 재주를 빛내고 상을 받은 소금 장수는 더없이 행복했어. 하지만 문고리에게 어쩐지 자꾸 미안한 마음이 들었어.

하루는 소금 장수가 조용히 물었어.

"네 덕에 나는 고생하지 않고 복되게 살고 있다. 내 어찌 은혜를 갚을까?"

하니 문고리가 일러 주는 거야.

"나는 원래 중국 산동 사람이야. 배 선장으로 수많은 사람을 데리고 뱃길에 나섰다가 풍랑을 만나 죽게 되었지. 처자식도 못 보고 객지 원혼이 되자니 너무도 억울하여 내 혼이 배 고리에 달라붙게 되었어. 그 배 고리가 황해를 흘러 흘러 조선 경기도 땅 주막집 문고리로 쓰이게 됐던

거야. 이제라도 내 처와 자식들을 만날 수 있다면 내 원혼
이 편히 잠들 것 같아."

그 날로 소금 장수는 문고리가 일러 준 산동 마을을 찾
아갔어. 문고리 말대로 십 년 전 배를 타고 나간 가장이
여태 소식이 없다는 집이 있는 거야. 그 집을 찾아가서 그
동안의 사연을 들려 주며 문고리를 내어주니 처와 자식은
피눈물을 토해 가며 슬퍼했단다. 문고리를 놓고 장사를
지낸 뒤 유골 대신 잘 모시는 걸 보고서야 소금 장수가 한
숨을 쉬었어.

"이제 너는 네 가족을 찾았으니 억울했던 심정이 다 풀

렸구나. 그러나 나는 어찌할꼬."

하니 문고리가 말했어.

"신통한 재주가 없다고 하면 되지."

소금 장수 곰곰 아무리 생각해도 그건 이치에 닿질 않는 말이라. 신통한 재주가 없을 때도 신통하다 거짓 소문이 났는데, 이제 와서 신통하지 않단 말을 믿겠는가 말이지.

소금 장수가 고개를 흔들며 시름 섞인 한숨을 또 내쉬자 문고리 하는 말이,

"의주 압록강을 건너갈 때 눈알을 하나 빼. 누가 찾아오거든 중국서 건너올 때 눈을 한쪽 잃어서 신통한 재주가 없어졌다 하면 되잖아."

소금 장수 다시 곰곰 생각해 보니, 소금 장사만 했다면 얻지 못했을 많은 재산과 귀한 가족을 얻었단 말이야. 모두가 문고리의 힘으로 갖게 된 거지. 재산이야 다 내놓아도 좋지만 신통한 능력을 믿고 찾아오는 사람들과 철석같

이 자신을 믿는 가족들은 또 어찌할꼬.

　소금 장수는 마침내 결심했어. 그러고는 의주 압록강을
건너며 왼쪽 눈알을 하나 잡아 뺐지. 물론 아프다마다지.
하지만 억울한 마음은 털끝만치도 없었어. 오히려 속이
시원했어.

　조선으로 돌아온 소금 장수는 그 동안 모은 재물로 큰
걱정 없이 남은 삶을 잘 보낼 수 있었단다. 간혹 신통한
재주를 보겠다고 사람들이 찾아왔지만 외눈이 된
소금 장수는 짐짓 멍청한 웃음을 지으며 사
람들을 돌려보냈다는구나.

사람이 소로
보이는 마을

옛날 옛적 그러니까 호랑이가 담배 피던 시절에 있었던 일이란다.

옛날이라 해도 사람 살던 때니 사는 모양은 지금이나 비슷했지. 봄이면 새 날아들고 온갖 꽃 피고, 여름이면 물놀이 가고, 가을이면 단풍놀이, 겨울이면 휘날리는 눈꽃송이 바라보며 히히 호호 헤헤 웃으며 살았지.

지금 사는 모양새와 뭐 하나 다를 거 없이 똑같이 먹고 입고 자고 그리 살았는데, 꼭 한 가지 요지경 속인 게 있었어. 그것이 뭔고 하니 바로 사람이 소로 보이는 마을이 있었다는 거야. 이 마을 사람들이 언제나 소로 보이는 건 아냐. 마음이 미쳐 돌아갈 때만 그렇게 보이지. 갖고 싶고 먹고 싶고 보고 싶은 마음이 너무 크면 꼭 사람이 소로 보이는 거야. 그런데 무서운 건 말이야, 그냥 소를 볼 땐 그렇지 않은데 사람을 소로 볼 때는 말이지, 소를 잡아먹고 싶다는 생각이 불같이 일어난다는 거야.

　그 날도 말이야. 삼십 먹은 건장한 남자 하나가 비지땀
을 뻘뻘 흘리며 밭을 갈고 있었어. 가난했던 남자는 밭을
갈면서 내내 중얼거렸어.

　"아! 소 한 마리만 있었으면……."

　허리 한 번 펴지 않고 우직하게 일을 하면서도 남자는
그렇게 중얼거렸지.

그런데 맑은 하늘에 난데없이 먹구름이 몰려오더니 갑자기 소낙비가 쏟아져 내리지 않겠어?

"곧 그치겠지."

남자는 하던 일을 멈추기가 싫어서 그냥저냥 비를 맞으며 일을 했어. 그런데 갑자기 천둥 번개가 번쩍번쩍 머리 위에서 칼날처럼 내리치는 거야. 이러다 큰일나겠다 싶어 남자는 곡괭이를 버려 두고 밭을 달려나와 어느 집 처마 밑으로 급히 뛰어들어가 비를 피했어.

그런데 말이야.

이 남자 뒤를 졸졸졸 따라오는 게 있었어. 바로 어린 송아지였지.

남자는 침을 꼴깍 삼켰어. 두 번 생각할 겨를도 없이 주변에 도끼가 없나 눈을 부라렸지. 마침 방금 썩썩 갈아 놓은 듯 시퍼렇게 날이 살아 있는 도끼 한 자루가 눈에 띄는 거야.

남자는 도끼를 번쩍 치켜들었지.

집으로 죽은 송아지를 갖고 와서는 뼈까지 잘 삶아 먹고 보니까 말이야, 자기가 잡은 게 소가 아니라 바로 동생이었던거야.

함께 고기를 나눠 먹은 이웃 사람들이 어깨를 툭툭 치고 입맛을 쩝쩝 다시며 돌아갔어.

사람이 소로 보이는 이 마을에서는 자주 일어나는 일이니 이 일을 갖고 슬퍼하면 바보 취급당하는 게 예사지.

하지만 이 남자는 도저히 그냥
지나칠 수가 없었어.

"내가 미쳤지. 동생을 잡아먹다니……. 미쳤지, 미쳤구 말구……."

남자는 너무 마음이 아파 몇 날 며칠을 잠도 못 자고 데 굴데굴 구르며 울부짖었어. 사랑하는 동생을 잡아먹은 자 신을 결코 용서할 수 없었으니까. 계속 울기만 하던 남자 는 짐을 챙겼지. 이 마을에 있다가는 또 누구를 잡아먹을 지 모를 일이잖아.

남자는 마을을 떠났어. 처음에는 동생 잡아먹은 마을이 싫어서 집을 나왔는데 자꾸 돌아다니다 보니까 말이야, 남자는 사람을 소로 보지 않는 마을을 찾겠다는 결심을 하게 됐어. 새 세상을 찾아, 홀로 방랑을 시작한 거야.

방랑길은 참으로 고달팠어. 굶주림과 추위가 자꾸 길을 막아섰지. 당장이라도 아늑한 고향으로 돌아가고 싶은 마 음이 하루에도 몇 번이나 솟구쳐 올랐는지 몰라. 하지만 그럴 순 없는 노릇이잖아. 이대로 돌아갔다가는 또 멋모

르고 아버지를, 어머니를, 하나 남은 동생을 잡아먹을지 모를 일이니까.

  남자는 고개를 흔들며 새 세상을 찾아 떠돌았지. 그런 세상이 있다면 분명 무슨 비결을 가지고 있을 것 같았어. 사람을 소로 보이지 않게 하는 비결 말이야.

  때론 강물에 빠져 떠내려갈 뻔도 했고, 높은 바위 절벽에서 떨어져 가루가 될 뻔도 했어. 깊은 산중에서 호랑이와 늑대를 만나 죽을 뻔하기도 했어.

  그렇게 숱한 고생과 위험을 넘기다 보니 남자의 얼굴에는 어느덧 주름살이 깊게 패었지. 머리도 희끗희끗한 노인이 되어 갔어.

  이젠 걸을 기운조차 없을 만큼 늙어 버린 남자가 하루는 파란 하늘 밑에 파란 바람이 부는 마을로 들어섰어. 그런데 향긋한 냄새가 파란 바람에 실려 오는 거야. 남자는 마음이 설레어 아이처럼 눈을 크게 뜨고 미소 띤 얼굴로 마을을 쳐다보았어.

그 때 마을 안쪽에서 이 남자보다 더 늙은 노인이 한 명 다가왔어.

남자가 물었지.

"이 마을도 사람이 소로 보이나요?"

"예끼, 이 사람아. 그런 끔찍한 일이 이처럼 고요하고 평화로운 마을에서 일어나겠는가?"

노인이 호통을 치는 거야. 그러더니 금방 태도를 바꾸어 남자의 손을 끌고 마을 한복판으로 갔어.

노인은 마을 한복판에 드넓게 펼쳐진 밭을 가리키며 말했어.

"우리 마을도 예전에는 사람이 소로 보였다네. 하지만 저걸 먹고부턴 눈을 떴지. 이제 그런 일은 벌어지지 않는다네."

하고 일러 주는 거야.

남자는 귀가 번쩍 띄어 물었지.

"저것이 무엇입니까?"

"바로 '파'라는 걸세."

"파요?"

노인네는 파 씨를 한 움큼 남자에게 주며 말했어.

"이걸 먹으면 눈물이 나지. 눈물은 미쳐 돌아가는 마음
을 다스리는 힘을 갖고 있거든."

파 씨를 받은 남자는 휘청거리는 몸을 이끌고 한시도
쉬지 않고 고향 마을로 냅다 뛰었단다.

집에 오자마자 남자는 뒷마당을 갈아 파 씨를 뿌렸어.
그 때 친구들이 남자가 돌아왔단 소리를 듣고 우르르 몰

려왔는데 말이야, 글쎄 친구들 눈에 보이는 건 이십 년 전 마을을 떠난 친구가 아니라 당장이라도 잡아먹고 싶은 소였던 거야.

뒷마당에 서 있는 소를 보고 친구들은 도끼를 번쩍 들었지.

"아니야, 아니야. 난 소가 아니야."

외쳐 보았자 친구들 귀에 들리는 건 음매음매 우는 소울음소리였어.

그 후 한 해가 지나갔어.

남자네 집 뒷마당에서 향긋한 풀 냄새가 바람에 솔솔 실려 왔지. 뾰족하니 길게 오른 순이 먹음직스러워 보이는 풀이 자라고 있었어. 냄새에 이끌린 사람들이 한 명 두

명 남자네 집 뒷마당으로 모여들었어. 사람들은 파를 꺾어 요리조리 살펴보고 맛도 보았지. 괜찮았어. 사람들은 먹어도 좋은 풀이라 여겨 한 뿌리씩 캐다가 자기네 밭에 옮겨 심고 날마다 뜯어 먹기 시작했대.

파를 먹기 시작한 마을 사람들 눈엔 더 이상 사람이 소로 보이는 일은 일어나지 않았다고 해.

파가 이 마을 사람들 마음의 눈을 뜨게 해 준 걸까?

그런데 파 씨를 가져온 남자만 너무 억울한 것 같다고?

아니야. 그건 아무도 모를 일이야. 지금도 어디에선가 파를 냠냠 먹고 있는 너희를 보면서 벙긋 웃고 있을지도 몰라.

# 돌이 된 여자

부자가 되고 못 되고는 하늘에 달렸다고 합니다.

안 먹고 안 입고 안달복달하며 재물을 모아도 늘 그 타령인 게 사람 사는 꼴이니, 보통 사람이야 밥 한 술, 술 한 잔 나눠 먹으며 그럭저럭 살아가는 게지요.

하지만 이 날 이 때까지 남한테 쉰밥 한 술은커녕 물 한 모금 줄 줄 모르고 악착같이 재물을 모아 부자가 된 놈이 있었으니, 바로 장자였습니다.

해뜰 때 걷기 시작해 온종일 뛰어다녀도 장자놈 땅을 벗어나지 못할 정도로 재산을 모았거늘, 이놈 하는 짓거리를 보면 기가 찰 노릇이었습니다.

이놈 하는 구두쇠 짓이 얼마나 지독한지 동네 사람들 쑥덕거리기를,

"저 놈 배를 갈라 보면 오장 밑에 욕심보가 있어 오장칠부일 거야."

하다가, 요즘에는

"오장팔부야. 암! 팔부고말고. 심술보까지 있잖아."

하는 것이었습니다.

물론 동네 사람이야 구두쇠 장자란 놈 집 기

웃거려 보았자 물 한 모금은커녕 욕지거리

만 배 터지게 먹고 나오는 걸 알기에

장자 집 근처에는 얼씬도 하지 않

습니다.

그러니 장자놈한테 골탕

을 먹는 건 꼭 먼 데서 흘

러 들어온 장사꾼이지 뭡

니까.

하루는 생선 장수가 이

마을로 들어왔습니다.

싱싱한 청어 한 바구니

를 이고 들어와 부잣집에다 좀 팔아 보려고 기웃거리는
걸 장자가 보고야 말았습니다.

"아이고, 반갑구나, 반가워."

청어 장수를 본 장자가 죽은 엄마 살아온 듯 반갑게 달
려나와 청어 장수를 맞이하였습니다. 그러더니 수북이 쌓
인 청어를 이리 뒤적 저리 뒤적, 주물럭 주물럭 만져 대더
니 급기야는 팔을 걷고 팔뚝을 청어 몸뚱이에 마구 비벼
대는 것이었습니다. 볼록하던 청어 배가 터져 내장이 나
오고 청어 살이 흐물흐물 찢어져도 청어 장수는 벙긋벙긋
좋아라 웃고만 있지 뭡니까! 남의 물건을 이렇게 망쳐 놓
았으니 당연히 사리라 여긴 거지요.

하지만 어림없는 일입니다.

"너무 비싸."

장자는 흥정을 쪽박 깨듯 탁 깨고는 휭 방 안으로 들어
가 버리는 것입니다.

어리벙벙한 청어 장수는 기가 막혀 싸움도 못 하고 힘

센 하인한테 내몰리고 말았습니다. 그러자마자 방에서 나온 장자는 부리나케 부엌으로 들어가 며느리가 안치는 시래깃국에 팔뚝을 썩썩 문질러 씻었습니다. 그 날 저녁 장자네 식구는 오랜만에 비린내 나는 시래깃국을 먹을 수 있게 되었지요.

생선국을 먹은 지 며칠이 지나자 장자는 며느리를 불렀습니다.

"소고기 장수가 지나가나 잘 살펴라."

얼굴이 화끈 달아오른 며느리가 대답도 못하고 쭈뼛거리며 서 있자 장자가 소리를 꽥 질렀습니다.

"알뜰하게 살림 못 하면 쫓겨날 줄 알아!"

그 날부터 며느리는 소고기 장수가 지나가나 잘 살폈습니다. 만약 소고기 장수가 집 근처에 발이라도 들여놓을 것 같으면 장자 모르게 얼른 돌려보내려는 것이지요.

하지만 소고기 장수도 억세게 재수가 없었던 모양입니다. 며느리가 밭일 나가고 없는 틈에 오고 말았으니…….

　그 날도 장자는 시뻘건 소고기를 철썩철썩 주물러 핏물
을 팔뚝까지 질펀하게 묻힌 다음에야 비싸다는 이유로 소
고기 장수를 쫓아내고 말았지요.

　구두쇠 장자의 이 고약한 짓거리를 모르는 사람이 있겠
습니까마는 워낙 장자의 권세가 당당하다 보니 누구 하나
그 앞에서 시시비비를 따지려 들지 않았습니다.
　마을 길에 장자 모습이 보이기만 하면 세 살 먹은 아이
도 꽁지가 빠져라 도망을 갔고, 시장에라도 나타나면 사
과 한 알, 떡 한 쪽이라도 뺏길까 두려워 장사판을 후딱
덮어 버리는 게 예사였습니다.
　그런 장자놈한테 욕심보만 달렸다면 무슨 큰일이 벌어

지겠습니까마는 이놈한테는 심술보까지 달렸으니 얄궂은 일은 계속 벌어지는 것이지요.

장자란 놈도 알고 있습니다. 동네 사람 모두가 자기만 보면 슬금슬금 피한다는 걸요. 그래서 장자는 마을 물정 모르는 사람을 골라 심술을 부리는 데 재미가 났습니다.

길 가는 나그네를 보면 자기 집이 크고 넓은 부잣집이라는 걸 은근히 알려 줍니다. 그럼 나그네는 당연히 부잣집에서 하룻밤 자고 가라는 줄 알고 찾아들지요.

나그네를 사랑에 잡아 놓고 장자는 보란 듯이 쩍쩍 입맛을 다시며 저녁밥을 먹지만 나그네에게는 보리 한 톨 내다 주질 않습니다. 그러고는 쫄쫄 저녁을 굶기고 날이 어둑어둑 저물어 가면 장자는 집 안을 들쑤시며 뛰어다니기 시작하는 것입니다. 영문을 모르는 나그네가 어리둥절해 있으면 그 때서야 장자란 놈 하는 말이,

"오늘이 그 날인 줄 몰랐소. 우리 집안에 수백 년 동안 지켜 오는 법도가 하나 있는데, 오늘이 바로 그 날이오."

"도대체 무슨 날인데 그러오?"

배고픈 나그네가 물으면 이렇게 대답을 하는 것이었습니다.

"식구 아닌 사람이 이 집에서 자면 집안이 망한다는 바로 그 날이라오."

보통 양심을 가진 사람이라면 그 집을 나올밖에요.


이렇듯 한겨울에도 길 가는 나그네를 재워 줄 듯이 붙잡았다 한밤중에 쫓아내고 희희낙락 즐거워하는 장자놈 심술이 널리널리 날개를 달고 알려졌습니다.

심술 사나운 소문을 아는지 모르는지 그 날도 며느리가 샘물에서 아침 지을 쌀을 씻을 때 밖에서 탕탕탕 목탁 두드리는 소리가 들려 왔습니다.

"시주 왔습니다."

그 때 외양간에서 소똥을 치우던 장자 귀가 번쩍 뜨였습니다.

"시주?"

입을 씰룩씰룩하며 야릇한 웃음을 자아내던 장자가 김이 모락모락 나는 소똥을 삽으로 퍽 뜨더니 대문가로 나갔습니다.

"시주 왔다구? 따끈따끈한 시주 한번 받아 보지."

장자는 스님이 든 표주박에다 철퍼덕 소똥을 쏟아 부었습니다. 반들반들하게 옻칠을 한 표주박이 소똥으로 뒤범벅이 되고 말았습니다.

이죽거리며 장자가 문 안으로 들어가자 쌀을 씻던 며느리가 얼른 달려나와 스님을 붙들었습니다.

"대사님! 시주 쌀 받아 가십시오."

"시주라니요? 벌써 이렇게나 시주를 잘 받아 가는걸요."

스님이 내미는 표주박을 보니 하얀 쌀이 그득했습니다. 하지만 며느리는 고개를 설레설레 흔들었습니다.

"대사님, 아버님을 용서하시고 시주를 받아 가십시오."

하더니 집 안으로 뛰어들어가 쌀을 한 말 들고 나오는 것입니다.

장자가 알면 당장 쫓겨날 일을 며느리가 저지르고 만 것이지요.

시주 쌀을 받으며 스님이 말했습니다.

"허허 이런 고약한 집에 사람다운 사람이 있었다니!"

쌀 시주를 받은 스님은 가만히 며느리를 바라보더니 일렀습니다.

"비가 오면 곧장 산 위로 올라가시오. 천둥 번개가 치고 무슨 일이 벌어져도 절대 뒤를 돌아보면 아니 되오."

그러고는 급히 사라지는데 며느리가 스님의 옷자락을 꽉 잡았습니다.

"대사님, 아버님 죄가 큰 줄은 알지만 어찌 저 혼자만 살겠습니까? 아버님도 살아날 방도를 알려 주십시오."

대사는 말없이 고개를 흔들더니 순식간에 온데간데없이 사라지고 말았습니다.

비가 오기 시작하고 뇌성벽력이 땅을 갈라 놓을 듯이 하늘을 찢고 번갯불이 눈앞에서 번쩍번쩍했습니다.

목화를 널던 며느리는 얼른 지붕에서 내려와 산을 향해 뛰기 시작했습니다. 며느리가 달리자 며느리를 졸랑졸랑 쫓아다니던 강아지도 뒤따라 뛰기 시작했습니다.

처음에는 정신없이 앞만 보며 뛰던 며느리는 점점 집이 걱정되기 시작했습니다.

널어 놓은 목화, 뚜껑 열어 놓은 장독, 빳빳이 풀을 먹여 내다 넌 이부자리, 멍석 하나 가득 펴 놓은 깨와 콩알, 고추, 게다가 죽을 줄도 모르고 집 안에 있을 시아버지…….

누군가 머리꼭지를 잡아당기는 것처럼 며느리는 그 자리에 섰습니다. 눈앞에는 높은 산봉우리가 우뚝 서서 며느리를 부르고 있었습니다.

"저기에 올라야 사는데……."

하지만 며느리는 못된 시아버지를 그냥 두고 갈 수가 없었습니다. 며느리는 고개를 돌려 집 쪽을 바라보고야

말았습니다. 넓은 집터는 온데간데없어지고 누런 황톳물
만 넘실대고 있었습니다.

　그 때서야 이 모든 일이 하늘의 뜻임을 알아차린 며느
리는 발길을 재촉했지만 이미 돌이 되어 굳어 버린 두 발
이 꼼짝도 하질 않았습니다.

　무릎이, 허리가, 가슴이 굳어 오더니 목까지 돌이 되었
습니다. 장자 집터를 내려다보고 산꼭대기를 올려다보고
다시 장자 집터로 고개를 돌릴 때 며느리 얼굴은 돌이 되
어 굳었습니다. 그 때 두 눈에서 흘러내린 눈물도 돌이 되
어 양쪽 볼에 주루룩 매달렸습니다. 그걸 올려다보던 강
아지도 점점 돌이 되어 갔습니다.

　비가 그치고 돌이 된 며느리 주변에 산짐승들이 모여들
었습니다.

　주변을 빙빙 돌던 여우와 늑대, 토끼들이 말했다지요.

　"인간은 참으로 복잡한 동물이군. 우리 같으면 절대 뒤
돌아보지 않았을 텐데."

## 수수꽃다리 나무 밑에서 나누던 옛 이야기가 오늘 이야기로

여러분은 저녁을 먹고 나면 무엇을 하나요?

책 읽고 텔레비전 보고 오락하고 친구와 채팅하고…….

저 어렸을 때는요, 밥숟가락 놓자마자 친구들과 어울려 돌아다니는 게 일이었어요. 물론 찬바람 몰아치는 추운 겨울에야 누구네 누구네 방으로 모여들어 아랫목에다 발을 오글오글 모아놓고 놀았지요. 봄, 여름, 가을엔 뒷동산으로 떼지어 올라가서 놀았어요. 달님과 별님이 내려다보는 줄도 모르고 나무 사이를 토끼처럼 뛰어다녔지요.

그렇게 뛰어놀면서도 헤어지기 전까지 잊지 않고 꼭 하는 일이 한 가지 있었어요. 수수꽃다리 나무 밑에 동그랗게 모여앉아 옛날 이야기를 하는 거였지요. 날마다 하는 이야기인데도 이야기 밑천은 떨어지지도 않고 샘물처럼 솟아나왔어요. 나이가 많든 적든, 공부를 잘하든 못하든, 부모님이 있는 아이든 친척집에서 천덕꾸러기로 크는 아이든, 이야기할 때만큼은 반짝거리는 두 눈이 별님만큼이

나 맑았어요. 특히나 귀신 이야기를 할 때는 눈동자가 더욱 반짝반짝했답니다.

아, 그러고 보니까 귀신 이야기를 할 때는 소나무 아래에서 했었네요. 둥근 잎보다는 삐쭉삐쭉한 잎이 귀신 이야기에 더 어울리니까요.

이 책에 실린 다섯 편의 이야기는 그 때 들었던 재미나고 무섭고 또 슬프기도 했던 옛날 이야기에다 제 상상을 보탠 거예요. 옛날 이야기가 제 몸을 거쳐 나가면서 오늘 이야기가 된 거지요. 이 책을 읽은 여러분이 또다른 누군가에게 이 이야기를 들려 줄 때는 여러분의 상상이 보태져 더욱 색다른 이야기로 태어날 거예요.

책을 다 읽고 나면 한번 시험해 보세요. 책을 덮어 놓고 생각나는 대로 이야기를 들려 주는 거예요. 동생에게, 친구에게, 엄마 아빠에게, 할머니 할아버지에게요.

아마 깜짝 놀랄걸요? 훌륭한 이야기꾼이 되어 있는 자신을 발견할 테니까요.